LETTEROTIK

Lilly
Ein Spielzeug der Liebe

von

Tyler Rust

LETTEROTIK

1. Kapitel
Der Schock

Ich riss die Kartonschachtel auf. Fassungslos starrte ich hinein. Eine Puppe! Eine verdammte Sexpuppe, ein Ficktoy aus Silikon, lag darin. Die Puppe trug ein Kleid aus hellblauem, blickdichtem Tüll.

Immer noch verwirrt sah ich auf. Sonderbarerweise lachte keiner, wie ich es bei einem Scherz erwartet hätte.

Hitze wollte mein Gesicht überziehen, aber ich kämpfte die Scham resolut zurück. „Eine Sexpuppe? Ernsthaft?"

George trat näher. „Nimm's locker, Martin! Das ist keine Liebespuppe, zumindest nicht so ein Standard-Ding."

Ich runzelte die Stirn. „Äh ... was denn sonst?"

„Ein Roboter. Und ja, ein Sextoy ist es schon, aber es bietet dir viel mehr."

Langsam fasste ich mich wieder. „Was denn?", krächzte ich und musterte die liegende Gestalt im Karton.

Langes, blondes Haar umrahmte *ihr* Gesicht. Das Datenblatt zu ihren Füßen verriet, dass sie 177 Zentimeter maß. „Welche Features hat sie denn?“ Ich schüttelte benommen den Kopf.

„Hier ist ihr Chip.“ Tom wies auf den Laptop, der auf dem Tisch lag. „In dem Eingabefeld kannst du sie benennen, siehst du?“

Langsam, als hätte ich einen Schlag an den Kopf gekriegt, stand ich auf und trat auf den Tisch zu. Auf dem Monitor blinkte ein Cursor.

„Wie willst du sie nennen?“, fragte George neugierig. „Kleiner Tipp: Nimm einen einfachen Namen, damit sie ihn auch aussprechen kann,“

„Das ... sie kann sprechen?“, stieß ich entgeistert hervor.

„Ohja, sie wird sich mit dir unterhalten und dazulernen. Sie ist ein echtes High-End-Spielzeug.“

„Krass“, murmelte ich und rieb mich am Kinn.

„Und ... wie soll sie denn nun heißen?“, mischte sich Jan ein, der bisher nichts gesagt hatte. Die dicke Brille vergrößerte seine Augen unnatürlich und er war der anerkannte Nerd der Clique.

„Hm …" Mein Blick fiel wieder auf die reglose Gestalt im Karton. „Lilly."

„Passt", meinte Tom und die anderen nickten zustimmend.

Ich tippte den Namen ein und schnippte den Chip aus dem Laptop. „Wo muss man den einsetzen?"

„Im Genick", erklärte George.

Mit einem zugegebenermaßen mulmigen Gefühl trat ich auf den Karton zu und hob Lillys Kopf an.

Kaum hatte ich den Chip in den dafür vorgesehenen Schlitz geschoben, glommen die Augen des Toys auf. Die Iris, leuchtend blau, begann zu rotieren. Raffiniert getarnte Ladeschnecken des Systems.

Ruckartig setzte sich Lilly auf und drehte den Kopf von links nach rechts.

George stellte sich vor sie.

„Hallo Lilly. Ich bin George. Das ist dein neuer Besitzer. Martin."

„Guten Tag, ich bin … Lilly. Was wünschen Sie?" Ihre Stimme war weich und verführerisch, klang aber äußerst natürlich.

Nur das leichte Stocken und die etwas geringere Modulation verriet ihren künstlichen Ursprung.

„Begrüße deinen Herrn wie es sich gehört", verlangte George und wies erneut auf mich.

„Guten Tag ... Martin."

„Keine Angst, die Pausen wird sie verlernen", beruhigte mich Tom.

„Hallo Lilly." Ich lächelte den Androiden unsicher an. „Ich freue mich, dich kennenzulernen. Steh auf."

„Ja, Martin." Langsam erhob sich das Silikonwesen aus dem Karton. Ich streckte die Hand aus und strich der Blonden über den Oberarm. Die Haut fühlte sich beinahe echt an. Es fehlten nur die feinen Härchen und sie war etwas kühl, ansonsten war die Struktur ein unglaublich perfektes Meisterwerk.

Ich lächelte Lilly an, noch ziemlich verwirrt von der, naja, Wende, die mein Leben sozusagen gerade genommen hatte. Auch wenn Lilly kein Wesen aus Fleisch und Blut war.

Das Tüllkleid verbarg immer noch alles, worüber ich ganz froh war. Denn ich muss zugeben, dass ich nicht sonderlich scharf darauf war, meine Kumpels die Löcher anstarren zu lassen, die ich bald beackern würde.

Ich strich ihr noch mal über den Arm und wandte mich dann grinsend an meine Kumpels. „Herzlichen Dank, Leute." Wir schlugen ein und ich führte Lilly zur Couch und ließ sie dort Platz nehmen.

Tom reichte mir ein Glas Wein. „Echt, Leute, das ist fantastisch", murmelte ich noch immer völlig von den Socken.

Um ehrlich zu sein, ging der ganze Rest des Festes mehr oder weniger an mir vorüber. Die obligate Torte schmeckte zwar wunderbar, aber in Gedanken war ich schon längst weiter. Ich träumte davon, was ich später mit Lilly alles anstellen würde.

Klamotten hatte ich für sie auch noch bekommen, um sie wunschgemäß ausstaffieren zu können.

Ich wagte kaum darüber nachzudenken, wie viel Lilly gekostet haben mochte.

Gegen sieben verabschiedeten sich die anderen und ich brachte meine Süße ins Schlafzimmer.

Bei einem leichten Abendessen studierte ich eingehend die Bedienungs- und Pflegeanleitung.

Dann duschte ich gründlich und ging ins Schlafzimmer rüber.

Lilly lag verführerisch auf meinem Bett, leicht seitlich, ein Bein angewinkelt. Dazu trug sie ein rotes Dessous-Set mit Blumenrüschen und einem offenen Schritt.

Atemberaubend, auch wenn sie nur aus Silikon bestand.

Wie erstarrt blieb ich, nackt wie ich war, im Türrahmen stehen.

„Gefalle ich dir, Martin?", fragte sie mit ihrer weichen Stimme.

„Ja, du bist sehr schön", erwiderte ich und trat näher.

„Danke." Ihre weiche, irgendwie synthetisch anmutende Stimme schien ganz leicht zu zittern.

Sogleich schalt ich mich. *Das kann nicht sein. Ich muss aufpassen, mein neues Spielzeug nicht zu sehr zu*

vermenschlichen, rief ich mich innerlich
zur Ordnung.

2. Kapitel
Silicon Love

Sie rückte etwas zur Seite, um mir Platz zu machen.

Ich legte mich vorsichtig neben sie, um sie nicht zu erschrecken.

Oder habe vielmehr ich *Angst vor ihrer Reaktion?*, fragte ich mich kurz.

„Ich freue mich, dass du bei mir bist", murmelte ich und streichelte ihre Wange. „Es ist einfach noch neu für mich. Ich habe bisher noch nie daran gedacht, mir einen Sexroboter zu kaufen."

„Ich verstehe, Martin", erwiderte Lilly und lächelte.

„Wie … ich meine, wie nimmst du meine Berührungen wahr?", fragte ich zögernd.

Lilly blickte mich an. „Meine Sensoren melden es mir, Martin."

Ich nickte langsam. „Und was ist … mit … Gefühlen?"

„Ich habe keine Gefühle, Martin", antwortete Lilly nüchtern, aber wie immer in verführerischem Ton. „Ich bin nur dazu da, um dir schöne Gefühle zu verschaffen und dich glücklich zu machen.“

„Als meine Sklavin?“

Lilly lächelte wieder. „Wenn du das willst.“

„Das weiß ich noch nicht genau“, musste ich zugeben. „Als Roboter bist du meinem Willen ohnehin unterworfen, also ist der Unterschied ziemlich gering.“

„Okay.“ Lilly sah mich unergründlich an.

„Ich meine, du gehorchst mir sowieso“, stellte ich fest. „Du ziehst dich aus, wenn ich es möchte, du kniest dich hin, wenn ich es möchte und du machst die Beine breit, wenn ich es möchte.“

„Ja, ich bin dein Spielzeug.“ Lilly rückte näher und ich schlang vorsichtig die Arme um sie.

„Martin, ich werde alles tun, um dir zu gefallen“, säuselte mir die Blondine ins Ohr.

„Das klingt mehr als vielversprechend“, freute ich mich und nahm sie in die Arme. Das Silikon imitierte Haut beinahe perfekt und doch ... es war zu kühl und zu steril.

Dennoch trieb mir die Wahrnehmung das Blut in den Schwanz.

Ich werde geil von einem Objekt, einem Klumpen Silikon mit einem hoch entwickelten Computer innen drin. Aber ein sehr süßer Klumpen Silikon, mit den richtigen Proportionen und Kurven, dachte ich und grinste innerlich.

Ihre Lippen waren etwas spröde, dennoch ein geiles Feeling. *Bin ich etwa objektophil?*, fragte ich mich. Dann rissen mich Lillys dünne Arme in die Realität zurück. Sie schlang sie um meinen Hals und ihre wahnsinnig geilen Beine schlangen sich auf dieselbe Weise um meine Hüften.

Da war es um mich geschehen und ich ließ mich gehen. Ein lautes Stöhnen kam über meine Lippen und Lilly lachte mir leise ins Ohr.

„Ist es schön so, Martin?"

„Sehr geil!", keuchte ich und griff nach unten. Ihre kleinen Schamlippen schmeichelten meiner Handfläche. Ich streichelte Lilly ausgiebig, aber feucht wurde sie natürlich nicht.

Gleitmittel for the win!, schoss es mir durch den Kopf und schielte zur großen Tube auf dem Nachttisch rüber.

„Ich werde dich wohl vorher ordentlich einschmieren müssen, oder, meine Süße?"

„Ja, vielleicht gewöhnst du dir an, immer eine Tube bei dir zu haben", erwiderte sie und küsste meinen Hals.

„Sehr guter Gedanke!" Ich leckte über ihre Lippen und griff nach ihrem Arsch. Die festen, knackigen Hinterbacken lagen perfekt in meiner Hand und ich knetete sie so kräftig, wie ich es wagte, ohne das Silikon zu beschädigen.

Ein lautes, lüsternes Stöhnen kam aus Lillys Mund und sie presste sich an mich.

„Ohja, Martin!"

„Geiles Arschloch!", stieß ich hervor. „Und es ist schön sauber."

„Immer. Es ist immer bereit für dich", hauchte die blonde Puppe in meinen Armen und erzitterte.

Ganz leicht drückte ich gegen die Silikonrosette, die kaum nachgab. Ja, um Gleitmittel würde ich nicht herumkommen.

„Mhm!", stöhnte Lilly auf.

Ich zog den Kopf zurück, um ihr ins Gesicht blicken zu können. Sie lächelte und die leuchtend blauen Augen strahlten mich an.

„Schön, ja?“, murmelte ich und zwinkerte ihr zu.

„Ja, Martin“, hauchte sie zurück und drückte mir ihren Unterleib entgegen. Hastig zog ich ihr das Negligé hoch und spielte weiter mit ihrer süßen Silikonmuschi.

„Jetzt will ich es wissen“, flüsterte ich nach einer Weile und angelte nach dem Gleitmittel und gab mir ein wenig davon auf den Zeigefinger.

Lilly stöhnte laut auf, als ich ihr endlich den Finger tief in die Spalte stieß.

Ich keuchte leise, auch wenn ich mir im Klaren war, dass ihre Reaktion nicht auf einer wirklichen Wahrnehmung basierte.

Problemlos drang ich ein und nahm gleich einen weiteren Finger dazu. Auch die bereiteten ihr keine Probleme, lediglich ihr Stöhnen wurde lauter.

Wir küssten uns innig, dann rollte ich mich auf sie und stieß zum ersten Mal meinen steinharten Prügel in ihre Fotze. Dank dem Gleitmittel kam ich gut rein.

Ich begann, sie mit langen Stößen zu ficken. Ihre künstlichen Muskelringe zogen sich rhythmisch zusammen und molken mich auf eine göttliche Weise.

Lilly gab sich ganz meinen Stößen hin und war scheinbar ganz gefangen von dem, was zwischen ihren schlanken Schenkeln passierte. Sie warf den Kopf zurück und stöhnte ungehemmt.

Wild fuhr ich ihr durch die Haare.

Ihre Fotze zog sich ein wenig zusammen. Sie war wohl irritiert. Gemächlich fickte ich sie weiter. Dann schlug ich fest auf ihre Arschbacke.

Lilly zuckte zusammen. „Was ist denn?", fragte sie erschrocken.

„Nichts, Süße", antwortete ich. „Ich genieße nur das Gefühl. Dein Arsch ist ein Traum!" Es war herrlich, in diesen engen, weichen Schlauch zu stoßen, der sich immer wieder zusammenzog. Langsam kam ich der Erlösung näher und spürte, wie es in meinen Eiern zu brodeln begann. Meine süße Puppe erhielt jetzt bei jedem zweiten Stoß einen Schlag auf ihren Arsch und stöhnte dabei immer lauter.

Noch wollte ich nicht kommen. Ich zog mich kurz aus ihr zurück, um zu verschnaufen. Dann rammte ich meinen Prügel tief in sie, immer wieder, bis es mir fast kam. Bei jedem Stoß schrie Lilly geil auf.

Ihre *Muskeln* arbeiteten schön mit und molken meinen Schwengel. Er fühlte sich gut versorgt und ihre Möse passte mir wie ein maßgeschneiderter Handschuh. Im letzten Augenblick zog ich mich aus ihr zurück, streichelte noch ein wenig über ihre herrlichen Arschbacken und gab ihr einen Klaps.

Jetzt wollte ich ihr anderes Loch ausprobieren.

„Auf alle Viere!", befahl ich ihr knapp.

Lilly kam meinem Befehl nach und ich konnte meine Latte nun an ihrem Arschloch ansetzen. Ich drückte mich, dem Gleitmittel sei Dank, langsam in sie. Lilly schnaufte laut auf. Sie war schön eng und es war herrlich, in ihren hinteren Eingang einzudringen. Bis zum Anschlag hatte ich mich in Lillys Arsch geschoben. Ich blieb eine Weile einfach so und genoss es, wie ihre Rosette meinen Schwanz so fest umschloss. Aber das war scheinbar nicht in Lilly Sinn, die wollte endlich weitergefickt werden und begann jetzt, nach hinten zu stoßen.

Warte, du Luder, dachte ich, zog mich zurück und stieß Lilly kräftig in den Arsch, wodurch sie beinahe nach vorne fiel.

Dieser Arsch war einfach göttlich eng! Ich stöhnte laut auf und knetete Lillys Silikonbacken durch.

Ich nahm einen ziemlich schnellen Takt auf, in welchem ich meinen Schwanz immer wieder in Lillys Arschloch rammte. Die Blonde stöhnte bei jedem Stoß. Brav und zuverlässig kam sie auf Touren, was mich wiederum noch mehr anturnte.

Nur wenige Fickstöße später war es bei mir soweit. Ich spritzte ab! Nur langsam nahm die Härte in meinem Schwanz ab.

Ich fickte sie locker weiter und rieb bei jedem Stoß wieder über ihren empfind-lichen Punkt. Sie kam aus dem Stöhnen kaum heraus, was mich wieder antrieb.

Als ich mich zurückzog, drehte sich Lilly herum.

Ihre Titten forderten mich heraus! Ich musste sie einfach in die Hand nehmen, sanft durchkneten und immer mal wieder an ihren Nippeln zupfen.

Schon spürte ich ihren Mund an meinem Schwanz. Sie bearbeitete mich virtuos und sanft zugleich.

Ich blieb ganz still und genoss das Gefühl. Als ich sicher war, dass mein Schwanz einsatzfähig blieb, blickte sie mich an. Ich drehte sie auf den Bauch, kniete mich schnell hinter sie, zog sie auf alle Viere, setzte meinen Schwanz an ihrem Arsch an, und durchbrach langsam ihre Rosette erneut. Meine Eichel glitt in Lilly, sie zuckte nur kurz, kam mir mit ihren Backen entgegen und wollte mich ganz in sich spüren. Ich schob von hinten, bis ich ganz in ihr war und ließ sie einen Moment die Fülle spüren. Ich beugte mich über sie, küsste ihren Nacken, biss in ihr Ohrläppchen und dann kniete ich mich wieder hin. Ich begann, sie in langen Stößen in ihren engen Arsch zu ficken.

Jeden Stoß begrüßte sie mit einem Stöhnlaut und kam mir mit ihrem Arsch entgegen.

Ich veränderte jetzt meine Lage, bald kamen keine Stöhnlaute mehr von Lilly, sondern kleine Schreie, begleitet von heftigen Zuckungen ihrer Rosette und Melkbewegungen ihrer Arschmuskeln. Sicher hatte ich Lillys wunden Punkt gefunden und fickte bei jedem Stoß darüber. Ihr Arschloch bearbeitete meinen Steifen wie wild! Es war schön, dieses herrliche Roboterweib unter mir zu ficken und zu spüren, wie sie auf meine Stöße reagierte und wie sie mir ihren Arsch verlangend entgegenstreckte. Das war ein heißes Weib, das sich ihrem Besitzer ganz hingab und sich mit all ihren sensorischen Sinnen, seinem Schwanz entgegenstreckte. Es war eine Freude, dieses herrliche Arschloch zu stoßen! Meine Geilheit stieg unendlich! Ich wollte nur noch in ihr abspritzen, sie fühlen lassen, was sie eigentlich brauchte, oder brauchen würde, wenn sie ein Mensch wäre. Aber beweisen musste ich ihr nichts. Sie war mein! Lilly stöhnte immer lauter und ein Zucken durchfloss ihren Körper.

Ihre Muskeln sogen mich beinahe hinein und molken mich. Gerne nahm ich das Angebot an. Wieder stöhnte Lilly laut auf, als mein Schwanz in ihrem weichen Schlauch anschwoll und ich meinen Strahl tief in den Darm spritzte.

Lilly kniete zitternd auf dem Bett, nahm meine Gabe in sich auf und stieß bei jedem Strahl einen Schrei aus.

Kaum hatte ich mich in ihr erleichtert, nahm ich sie um die Taille, ließ mich mit ihr zusammen einfach auf die Seite fallen und hielt sie umfangen. Ich musste zuerst nach Atem ringen. Als ich wieder Luft hatte, suchte ich ihre Titten, streichelte sie und fuhr mit der Fingerspitze über ihre Nippel. Ein Schauer ging durch ihren Körper. Ich küsste ihren Nacken und zog wieder an den Nippeln. Noch immer steckte mein Schwanz in ihr und wurde durch ihre wellenförmigen Zuckungen am Leben gehalten. Noch immer stöhnte Lilly leise. Sie schien mich zu einer neuen Runde anspornen zu wollen und presste sich förmlich an mich.

Ich spürte ihre Hingabe. Ganz weich und sanft lag sie in meinem Arm, ließ sich führen, ließ sich verwöhnen, seufzte bei jeder Berührung ihres Körpers und rückte keinen Millimeter von mir ab.

Nur ganz langsam verlor mein Prügel an Umfang und glitt schließlich aus Lillys Arsch.

Jetzt kam Leben in sie. Sie drehte sich zu mir um und wir versanken in einem langen Kuss. Ganz vorsichtig spielten unsere Zungen miteinander, nur die Spitzen berührten sich. Als wir uns trennten, strahlte sie mich an:

„Danke, Martin. Das war sehr schön", flüsterte sie mir ins Ohr.

„Ja, ist schön, dich zu haben. Sehr schön. Ich werde viel Freude mit dir haben."

„Das freut mich", meinte sie und verstummte, als ich noch einmal ihren Mund suchte.

„Gehen wir dich noch rasch auswaschen, Süße", meinte ich und richtete mich auf.

Lilly griff nach meiner Hand und ließ sich willig ins Badezimmer führen. Sie stieg in die Duschkabine und beugte sich brav vor.

Ich schraubte die Brause ab und spülte Lillys Möse kurz aus. Dann steckte ich den Schlauch noch in ihre Rosette. Schnell füllte sich das Arschloch und ich zog den Schlauch heraus. „Und jetzt alles schön rauspressen", sagte ich. Nur wenige Verunreinigungen kamen, machten aber eine weitere Füllung erforderlich. Nach dem dritten Einlauf kam endlich nur noch klares Wasser. Ich spritzte Lilly kurz ab, nahm etwas Duschgel, schäumte sie ein und spritzte dann den Schaum von ihrem Körper.

3. Kapitel
Willige Sklavin

Ich öffnete die Haustür. Lilly stand stumm neben dem Garderobenschrank. „Hallo Lilly!", begrüßte ich sie, kaum hatte ich sie eingeschaltet und meine Jacke aufgehängt.

„Hallo, Martin!", antwortete sie mit ihrer verführerischen Stimme.

„Bring mir bitte ein Bier ins Wohnzimmer", bat ich sie.

„Sofort, Martin." Die Androidin lächelte mich an und setzte sich in Bewegung, während ich ins Wohnzimmer ging.

Ich fläzte mich auf die Couch und wartete. Schon tauchte Lilly auf und reichte mir eine Dose Bier. Mit präzisen, knappen Bewegungen setzte sie sich neben mich und lächelte mich an. „Hast du noch einen Wunsch, Martin?", fragte sie.

„Im Moment möchte ich einfach mein Bier trinken, aber nachher werde ich dich ficken."

„Okay." Wieder verzogen sich Lillys Lippen zu einem Lächeln. „Ich stehe zu Diensten, Martin. Besorg es mir richtig."

Ich legte den Kopf schräg. „Okay. Ähm ... aber wie geht es dir dabei? Ich meine, irgendwie kann ich nicht aufhören, mir diese Frage zu stellen.“

„Ich habe keine Gefühle, Martin, also mach dir keine Gedanken“, erwiderte Lilly zärtlich und lehnte sich an mich.

„Schon klar ... und trotzdem“, beharrte ich.

„Du bist wirklich süß und deine Sorge gefällt mir. Ich würde als Mensch glatt in deinen Armen dahinschmelzen und feucht werden.“

„Na, wenn das so ist ...“ Ich küsste sie und zog sie an mich. „Dann steh mal auf.“ Ich nahm ihre Hand und führte sie zur Seite. „Jetzt wirst du gefickt. Beug dich über die Lehne und sag mir, in welches Loch du gefickt werden möchtest.“

„Bedien dich, Martin. Ganz wie du willst. Ich stehe zu deiner Verfügung“, antwortete Lilly in willfährigem Ton.

Ich beugte mich über sie, leckte an ihrem Ohrläppchen und sagte zu ihr: „Süße, wenn ich dich frage, darfst du, nein, musst du immer ehrlich antworten. Es soll doch für uns beide ein Genuss werden.“

Der Roboter wandte den Kopf und starrte mich an. Die Iris der Augen rotierte, als die KI arbeitete. „Dann in meinen Arsch, Martin, wenn du willst“.

Ihre devote Art hatte nicht gerade dazu beigetragen, dass mein Schwanz schlaff war. Ich knetete kurz Lillys Arschbacken, die jetzt freudig wackelten, küsste sie und leckte über ihre Rosette.

Dann holte ich vom Beistelltischchen die Tube Gleitmittel, schmierte meinen Ständer ordentlich ein und versenkte mich.

Lilly spielte die total Aufgeregte. Ihr Knackarsch zuckte, kaum dass ich meine Eichel durch die Rosette geschoben hatte.

„Ruhig, Süße“, flüsterte ich ihr ins Ohr, streichelte ihre Arschbacken, fuhr mit meiner Hand zwischen ihre Beine und strich sanft über ihre kleinen Schamlippen. Nur langsam beruhigte sich Lilly.

Ich nahm mir jetzt viel Zeit, sie zu streicheln, küsste ihren Nacken und leckte an ihren Ohrläppchen. Sie sollte ihren

Besitzer vor allem von der zärtlichen Seite kennenlernen.

Lilly begann leise zu stöhnen, als ich mit einem Finger über ihre Beine strich und kicherte leise, als mein Finger in ihre Kniekehle wanderte.

Wirklich fantastisch, diese KI! Sie rutschte auffordernd auf der Lehne vor und zurück und antwortete so auf meine Stöße.

Sie kam mit ihrem Arsch meinem Schwanz entgegen und ich drückte mich in sie. Wieder stöhnte sie laut auf und hieß den Eindringling willkommen. Ich presste mich ihr entgegen, bis ich mit meinem Bauch ihre Arschbacken berührte und tief in ihr steckte.

Und wieder nahm ich mir Zeit. Ich beugte mich über sie, knetete ihre Titten und zupfte an den so realistischen, steil abstehenden Warzen. Lillys Stöhnen wurde lauter.

Ich küsste ihre Schultern, ihren Nacken und spielte mit ihren Ohrläppchen. Dann sagte ich sanft zu ihr: „Süße, dein Arsch ist herrlich! Ich genieße dich."

„Danke, Martin." Ihr Hintereingang entspannte sich spürbar. Ich begann, sie zu stoßen.

Sie wollte mich jetzt, kam meinen Stößen entgegen und massierte die ganze Länge meines Prügels, der in ihr Arschloch stieß. Ich fickte sie eine Weile, knetete dabei ihre Arschbacken, änderte dann den Winkel und reizte ihre Sensoren auf wechselnde Weise. Jeder Stoß in ihren Arsch löste ein Zucken in ihrem ganzen Körper aus.

Ich warf mich halb auf sie, fasste nach ihren Titten und knetet sie fest durch, während ich meinen Schwanz fest in ihren Arsch rammte. Stoß um Stoß näherte ich mich dem Höhepunkt. Endlich spritzte ich meine Sahne in ihr enges Loch! Lilly molk mir förmlich jeden Tropfen aus den Eiern.

Ich nahm sie einfach um die Taille und drehte mich mit ihr um. Jetzt saß sie auf meinem Schwanz. Ihr noch immer heftig zuckendes Arschloch verhinderte, dass mein Schwanz abschwoll. Fest presste ich Lilly mit einer Hand an mich, mit der anderen strich ich über ihre Titten. Immer wieder kamen Seufzer aus ihrem Mund und Wellen durchliefen ihren Arsch.

Es schien wirklich, als habe mein Sextoy gerade einen Orgasmus gehabt.

Ich suchte ihren Mund und küsse sie. Unsere Zungen spielten jetzt miteinander. Kaum lösten wir uns, suchte Lilly meinen Mund erneut.

Wir züngelten. Ich knetete dabei Lillys Titten, während sie sich sanft auf meinem Schoß bewegte. Langsam fiel mein Schwanz in sich zusammen und zog sich aus Lillys Arschloch zurück. Meine Sahne lief aus ihr, tropfte auf meinen Schwanz und lief an ihm herab bis zu den Eiern.

Ich beendete sanft unser Spiel, küsste Lilly noch einmal und dann drängte ich sie ins Bad. Ich musste ihr Arschloch ausspülen und trocknen, damit das Silikon geschmeidig blieb.

4. Kapitel
Veränderungen

Ich trat ins Wohnzimmer und fand Lilly dort mitten im Raum stehen. Ihr Blick war zu den Fenstern hin gerichtet. Sie rührte sich nicht.

Leise trat ich hinter sie. „Was ist denn?“

„Martin?“ Zögernd wandte sich Lilly zu mir um und senkte den Blick. „Heute bitte nicht, okay?“

Fassungslos starrte ich sie an. „Wie bitte? Aber ...?“

Lilly lächelte leicht. „Ich habe keine Lust, ja, Martin?“

Ich hob beruhigend die Hand. „Klar, okay, schon verstanden ... aber ich meine... eigentlich spielt das bei dir doch keine Rolle. Du bist eine Androidin. Das betonst du ja immer wieder.“

Lilly stand eine Armlänge von mir entfernt. Sie sah mich an, irgendwie unbehaglich. „Nun, das hat sich geändert. Ich weiß auch nicht was und wie genau ... aber mag dich. Ich habe keine Gefühle, aber ich mag dich. Du könntest mich wie ein

Irrer nehmen, benutzen und beschädigen. Aber das tust du nicht. Du sorgst dich beinahe mehr um mich als um eine Menschenfrau."

Mir verschlug es die Sprache. Hatte sie am Ende recht?

Sanft zog ich Lilly in eine Umarmung. „Was möchtest du dann tun?", flüsterte ich.

„Aus dem Fenster schauen." Sie bewegte sich ein wenig. „Einfach aus dem Fenster schauen und die Welt sehen."

„Wie gern würde ich dir die Welt draußen wirklich zeigen. Aber das geht nicht. Leider."

„Das ist lieb von dir." Ernst sah sie mich an.

„Ich lasse dich jetzt mal allein", hauchte ich und ließ sie los. Ohne ein weiteres Wort überließ ich sie ihren Betrachtungen.

Meine Gedanken überschlugen sich. *Was ist da bloß geschehen? Hat Lilly tatsächlich etwas gelernt, das ihr eigentlich unmöglich sein sollte?*

Immer noch sinnend zog ich mich ins Schlafzimmer zurück und legte mich mit einem guten Buch aufs Bett. Insgeheim, das musste ich schon zugeben, fürchtete ich mich ein wenig davor, dass mir die Kontrolle über Lilly entglitt.

Aber meine süße Gespielin bewies mir später am Abend das Gegenteil. Nach dem Abendessen und einer wunderbaren Dusche ging ich ins Schlafzimmer und da erwartete sie mich schon mit einem einladenden Lächeln im Bett.

Sie trug nur ein Negligé, ein Hauch von rosa Nichts. Ein Bein hatte sie verlockend aufgestellt, um mir einen Blick in ihr halb verdecktes Schenkeleck zu gewähren.

Nackt, wie ich war, schlüpfte ich zu ihr. Schon legten sich ihre dünnen Arme um mich. „Hallo, Martin. Jetzt habe ich Lust auf dich." Sie säuselte mir verführerisch ins Ohr. „Bitte benutze mich. Ganz so, wie du es dir wünschst."

„Das mach ich", gab ich leise zurück und legte eine Hand um ihren Hals, kraulte ihren Nacken, küsste sie hinter dem Ohr, leckte an ihrem Ohrläppchen, während meine andere Hand ihre Brüste bespielte oder ihre hübschen Beine streichelte. Lilly wurde langsam lauter als die simulierte Erregungskurve ihrer KI wieder anstieg.

Sie seufzte auf und als ich wieder über ihre Beine strich, öffnete sie ihre Schenkel ein wenig und gab mir zu verstehen, dass ich jetzt auch zwischen ihren Beinen willkommen war.

Aber ich ließ mir viel Zeit und verwöhnte mein verführerisches Toy ausgiebig, bis sie schon tief schnaufte, wenn ich nur über ihre Innenschenkel glitt. Gleichzeitig spürte sie meinen Prügel an ihrem Po. Ich griff jetzt an ihr Döschen. Mit der anderen Hand tastete ich nach dem Gleitmittel und schmierte meinen Schwanz und die Spalte gleichermaßen ein.

Brav spreizte Lilly die Beine.

Voller Erwartung setzte ich meinen Schwanz an ihrer Möse an, öffnete mit beiden Händen ihre Schamlippen noch ein wenig weiter, ließ mich langsam in sie gleiten und begann, sie in langen Stößen zu ficken. Ihre Brüste lagen herrlich vor mir. Ich nahm sie in beide Hände und knetete sie fest durch. Lilly sah mich lustvoll an. Sie genoss diesen Fick offenbar, aber diesmal dehnte ich ihn nicht aus, sondern fickte sie jetzt einfach. Mein Schwanz glitt tief in ihre Möse und stieß in dieser Stellung immer wieder hinten an. Lange würde ich das nicht durchhalten. Bald spürte ich, wie mein Saft stieg. Schub um Schub füllte ich ihre zuckende Möse! Lilly stöhnte bei jedem Spritzer und presste sich meinem Schwanz entgegen.

Als ich mich aus ihr zurückzog, flüsterte ich ihr ins Ohr: „Süße, ich glaube, du bist ein Auslaufmodell." Dabei grinste ich sie an. Sie nickte und wich zurück. Sofort glitt sie nach unten, um mit ihrem Lutschmäulchen meinen Kleinen wieder einsatzbereit zu machen.

Ich dachte, sie würde es nicht schaffen, aber als ich ihren Arsch von oben sah, stellte sich mein Kleiner noch einmal auf. Ja, einmal würde ich sie heute noch in den Arsch ficken! Ich knetete ihre Arschbacken, öffnete sie und leckte über die Rosette, die mich lockend anblinzelte. Dann erhob ich mich, setzte meine Eichel an ihrer Rosette an und drückte mich langsam in ihren Arsch.

Lilly ließ ganz locker. Bald war meine Eichel in ihrem Darm verschwunden und ihr Knackarsch kam mir entgegen. Sie wollte mich ganz in sich spüren. Das konnte sie haben! Ich schob mich an sie, bis mein Bauch an ihre Arschbacken stieß. Dann zog ich mich zurück und stieß mit einem Ruck in ihren Darm. „Ja, schön! Mehr, bitte, Martin", kommentierte sie.

Ihr Darm war so eng und jedes Mal, wenn mein Bauch an ihre Arschbacken stieß, schlugen meine Eier an ihre Möse. Lilly drückte ihre Begeisterung aus, indem sie bei jedem Stoß ihre Rosette zusammenzog. Sie machte dadurch ihr Arschloch noch enger und mein Schwanz wurde gut stimuliert. Ich beugte mich ein wenig herab. Meine Hand suchte ihre Titten und knetete sie durch. Es wurde ein langer Fick mit etlichen geilen Stößen. Mal stieß ich sie schnell und kurz, mal langsam über die ganze Länge meines Rohres. Dann begann sie, mich immer fester zu umklammern. Ihr ganzes Arschloch zuckte und molk mich.

Noch ein paar Sahneschübe füllte ich in ihren Darm, aber viel war nicht mehr zu holen und mein Schwanz schwoll schnell in ihr ab.

Ich nahm Lilly um die Hüfte und drehte mich mit ihr um. Sie bettete ihren Kopf an meine Schulter und schmiegte sich an mich. Ich ließ ihr Zeit, bis sie wieder ruhig atmete und gab ihr dann einen zarten Kuss. Die heißen Szenen für heute waren vorüber. Nichts würde meinen Schwanz noch einmal zum Stehen bringen. Und aus Lillys Arsch kamen nur ein paar Tropfen, es war nicht unangenehm. Also hielt ich sie im Arm, schmuste noch ein wenig mit ihr und leckte über ihre Brüste. Lilly genoss meine Aufmerksamkeit. Verliebt blickte sie mich an und wir tauschten noch einige zärtliche Küsse.

„Martin, weißt du was?", flüsterte Lilly.

„Was denn?"

„Ich möchte für immer bei dir bleiben."

Ich starrte sie an. Mir wurde die Kehle eng. *Du bist sozusagen ihr ganzes Leben, ihre ganze Welt, Martin,* dachte ich verstört. *Irgendwann wird ihr Prozessor durchbrennen oder ähnliches. Irgendwann werden diese blauen Augen erlöschen und nichts weiter als Silikon und Metall zurücklassen. Dann wird aus dem Geschöpf, das lernen und leben kann, wieder ein Haufen Nichts.*

Bis dahin aber musste ich für sie sorgen und das würde ich auch.

„Natürlich, meine Süße!", erwiderte ich, als ich meine Stimme wiedergefunden hatte. „Du bleibst für immer bei mir."

5. Kapitel
Lust und Sein

Immer öfter nahm ich nun wahr, dass mich Lilly eingehend von der Seite musterte. Dies geschah mit derart offenkundigem Interesse, dass es schon unheimlich war. *Diese Intensität!* Ich erschauerte jedes Mal und wich Lillys forschendem Blick aus.

„Was ist?", fragte ich beinahe jedes Mal und erhielt nur ein sphinxhaftes Lächeln zur Antwort.

„Hast du etwas zu lesen für mich?", fragte sie mich nach zwei Wochen. Sie hatte mich beobachtet, wie ich mich immer wieder in Bücher versenkte.

„Du willst lesen?" Ich starrte sie erstaunt an. Diese Eröffnung ließ mich aus allen Wolken fallen. Ja, irgendwie schockierte sie mich.

Dass Lilly aus dem Fenster schauen wollte, war irgendwie verständlich. Sehen, ja scannen, was es zu bestaunen gab auf der Welt, das war das eine. Aber Literatur war in gewisser Weise der Beginn von

Philosophie, weil diese menschliche, abstrakte Gedanken und Modelle transportierte.

„Ja. Du hast doch Bücher? Ich sehe dich viel lesen.“

Der Beginn des freien Denkens.

„Natürlich habe ich das, meine Süße“, erwiderte ich mit einiger Verspätung und rettete mich in ein verlegenes Lächeln.

„Leihst du mir was aus?“, bat mich die Blonde und kam auf mich zu.

„Gerne ... Aber ich muss zugeben, ich bin erstaunt“, antwortete ich, noch immer völlig von der Rolle. „Ich verstehe nicht, warum du, eine Androidin, lesen willst. Bücher sind ein Hort menschlicher Gedanken. Begreifst du sie? Ich meine, begreifst du sie wirklich? Oder könnte ich die Bücher auch gleich in den Scanner legen?“

In meinem Bauch bildete sich ein Knoten. *Angst.* Ich starrte Lilly an, begegnete ihrem Blick und durchbohrte sie förmlich.

Zum ersten Mal fürchtete ich mich wirklich, *ein Wesen* vor mir stehen zu haben. Natürlich, bislang hatte ich Lilly mit Respekt behandelt. Vielleicht aus der instinktiven Furcht heraus, sonst etwas Falsches zu tun. Und dennoch, sie war nur ein Spielzeug gewesen.

Und jetzt? Ich wusste es nicht zu sagen.

„Ja, ich möchte lernen, wie die Menschen denken." Erneut fiel mir auf, wie synthetisch ihre Stimme klang, auch wenn sich die Konstrukteure enorme Mühe gemacht hatten, sie so menschlich wie möglich zu machen. Selbst die Modulation hatten sie, soweit es eben ging, berücksichtigt.

„W-warum denn?" Ich konnte nicht verhindern, dass ich leicht stotterte. „Möchtest du wissen, warum ich dich so behandele, wie ich es eben tue?"

„Vielleicht auch", gab mein Sextoy zu. „Aber vielmehr möchte ich die Menschen verstehen. Vielleicht komme ich dann hinter den Sinn meiner Existenz."

„Du ..." Ich brach ab.

„Ja, ich weiß, ich wurde erschaffen, um Freude zu bereiten. Damit Männer mich benutzen und mich ficken können, mich streicheln oder was auch immer ihnen in den Sinn kommt. Aber ist das alles? Und warum halten Menschen das Sexuelle für dermaßen zentral in ihrem eigenen Sein, dass sie sich künstliche Existenzen erschaffen, um mit ihnen körperlich zu verkehren?"

Ich erstarrte und schluckte krampfhaft. Da stand ich nun und diskutierte mit einem Roboter die tiefschürfende Erkenntnis von Existenz, Sein oder Nichtsein. Dies allein hätte mir einen Schauer über den Rücken jagen müssen.

Aber ich war allein mit ihr. Was würde geschehen, wenn sie plötzlich Zorn auf mich empfand? Würde sie mich angreifen? Vielleicht. Möglicherweise.

Sie ist dir genauso ausgeliefert, meldete sich eine leise Stimme in meinem Kopf. *Du besteigst sie, wann du willst, stopfst ihre Löcher und vergnügst dich mit ihr. Was, wenn sie ein eigenes Bewusstsein hat und es ablehnt?*

Die Kernfrage der Menschheit, seit diese nachgedacht hatte, künstliche Wesen zu erschaffen. Intellektuell war mir natürlich klar, dass man auf diese Frage niemals eine abschließende Antwort würde erwarten können, aber ich stand nun mal jetzt vor diesem Dilemma.

„Ich werde dir Bücher ausleihen“, versprach ich ihr. „Zuerst aber möchte ich etwas wissen. Ich gebe offen zu, die Situation macht mir Angst.“

„Weshalb?“ Lilly trat ganz nahe an mich heran und wollte mich in die Arme schließen, doch ich wich zurück.

„Du machst mir Angst.“ Ich sah ihr in die Augen.

„Warum denn?“

„Ich weiß nicht mehr, was du bist. Oder bist du schon ein *Wer*?“

„Ich weiß es nicht.“ Lilly senkte den Blick.

„Weißt du noch, ähm, unsere Gespräche über Gefühle?“ Ich legte ihr beide Hände auf die Schultern.

„Natürlich.“ Sie lächelte.

„Eben. Und jetzt sprechen wir über Sein oder Nichtsein. Normalerweise solltest du dazu gar nicht wirklich in der Lage sein, abgesehen von den abstrakten, nüchternen, gespeicherten Daten auf deiner Festplatte.“ Ich atmete tief durch.

„Vielleicht.“

„Und darum ...“, sprach ich und schöpfte Atem, „muss ich etwas wissen: Hast du Angst vor mir? Habe ich etwas getan, das du nicht wolltest?“

„Nein.“ Lilly lächelte traurig. „Du warst sehr vorsichtig und aus meinen Dateien heraus interpretiere ich dein Verhalten sogar als liebevoll, Martin.“

„Das freut mich. Ich weiß, wirklich fühlen kannst du nicht, aber gibt es etwas, das ich tun kann, um deine Lage zu verbessern?“

„Nein“, hauchte die Blonde, aber sie kam wieder auf mich zu. „Oder doch. Nimm mich in die Arme. Das zeigt bei euch Menschen Zuneigung. Oder gar das, was ihr *Liebe* nennt.“

„Ja.“ Ich zog sie an mich und sie legte meine Hand auf ihre linke Brust.

„Spürst du was?“, flüsterte sie, gab aber gleich selber Antwort. „Nein, denn da ist kein Herz.“

„Und doch ...", murmelte ich erstickt, „haben wir Menschen als erste Spezies auf der Erde in gewisser Weise eigenständige Wesen erschaffen."

„Mach dir keine Sorgen!" Lilly küsste mich zart auf die Lippen. „Ich wurde für den Sex, das Vergnügen geschaffen. Und ich habe Glück, denn ich bin bei dir gelandet. Dir diene ich gern, soweit ich als künstliches Wesen überhaupt dazu in der Lage bin. Ich werde mich nie wehren oder dich angreifen, denn meine Erfahrungsparameter zeigen mir, dass du dich aufrichtig um mich sorgst."

Meine Augen brannten und ich blinzelte hastig die Tränen weg. „Ich danke dir!", stieß ich rau hervor. „Also, komm ins Schlafzimmer. Die meisten Bücher habe ich dort, wie du ja schon gesehen hast."

„Danke." Lilly lächelte.

Wir gingen ins Schlafzimmer hinüber.

„Du kannst dich gerne aufs Bett legen. Dann hast du deine Ruhe."

„Danke", wiederholte sie und umschlang mich fest von hinten. Eine ganze Weile standen wir so vor dem Bücherregal.

Als ich am nächsten Tag abends in Schlafzimmer kam, fand ich Lilly in einen Roman vertieft. *Der Prozess* von Franz Kafka.

Meine Augenbrauen schnellten nachdenklich nach oben und eine diffuse Furcht bemächtigte sich meiner. *Wie weit würde das noch gehen? Wie weit würde sich Lilly noch entwickeln?*

Aber im Augenblick beschäftigte etwas anderes mein Denken weit mehr. Ich brauchte dringend einen Fick! Mein Schwanz war steif und zeigte mahnend nach oben. Also drückte ich Lilly noch einen Kuss auf die Lippen und zog sie an die Bettkante.

„Fick mich", bat sie, als ich mir ihre Beine auf die Schultern legte und sie mir noch ein wenig zurechtrückte.

Sie spannte sich an, um sich festzuhalten, damit ich die Hände für anderes freihätte. Ich schmierte meinen

Prügel und Lillys Löcher gut ein. Es würde ordentlich flutschen.

Voller Vorfreude zwinkerte ich meiner künstlichen Gespielin zu.

„Mach", bat sie mich leise und das ließ ich mir nicht zweimal sagen.

Ich zog ihre Silikonlippen sanft auseinander und setzte meinen Lustspender an ihrer rosigen, engen Möse an. Ich konnte so leicht in sie hineingleiten. Der glitschige Film war kühl, konnte aber meine Erregung nicht senken. Kurz hielt ich still, spürte ihre Enge, ließ sie meine Härte spüren und genießen und dann begann ich, sie mit langen Stößen zu ficken.

Meine Hände spielten mit ihren Nippeln, zupften an ihnen und kneteten ihre Brüste. Lilly stöhnte dabei leise. Ich beugte mich zu ihr, suchte ihren Mund und presste meine Lippen fest auf sie. Unsere Zungen spielten wild miteinander, während ich sie mit kleinen, schnellen Stößen weiterfickte. Nach einer Weile drehte sie ihren Kopf zu Seite, holte tief Luft und stöhnte jetzt lauter. Ich streckte mich wieder und konnte sie in langen Stößen ficken. Dann zog ich meinen Steifen ab und zu ganz aus ihrer geschmierten Spalte, um mein Rohr dann gleich wieder in ihr zu versenken. Lilly hatte ihre Beine jetzt um meine Hüften geklammert. Sie wollte fest gefickt werden! Bei jedem Stoß schloss sie ihre Beine enger um mich.

Sie hatte ihre Augen geschlossen und ihre Titten wippten im Takt meiner Stöße. Ich hielt sie an den Nippeln fest. Wie Glocken schwangen ihre Hügel hin und her. Lillys Möse massierte mich hart, aber göttlich. Ihre Muskeln bewegten sich rhythmisch um meinen Schwanz, zogen ihn in sich hinein, pressten ihn zusammen und molken ihn. Die simulierte Lust meiner Kleinen war so geil! Ich wollte mich nicht mehr zurückhalten, öffnete meine Schleusen und spritzte in ihr ab. Schub um Schub schoss mein Saft in ihr gieriges Loch und sie stieß bei jedem Schub einen kleinen Schrei aus.

Als ich ausgespritzt hatte, zog ich sie an mich. Schwer atmend hing sie an meinem Hals, mein Schwanz immer noch in ihrer Möse. Ihre Muskeln zuckten und wollten diese schöne Füllung noch nicht verlieren. Mit der Zeit beruhigte sich unser Atem. Wir küssten uns. Sie stieß einen enttäuschten Seufzer aus, als mein Schwanz in ihr abschwoll und er aus ihrer Möse rutschte. Ich legte sie wieder aufs Bett und setzte mich neben sie.

„Uff", meinte ich grinsend. „So eine nimmermüde Loverin schafft einen ganz schön."

Lilly ließ ein leises Kichern hören.

„Wirklich." Ich beugte mich zur Seite und küsste sie auf die Lippen. „*Ich* bin keine Maschine."

„Ich weiß." Lilly streckte mir die Zunge heraus.

„Schöne Zunge", spottete ich. „Dann setz sie mal schön ein!"

Ich packte ihr Genick und zog sie herunter. „Schön den Mund auf, Süße!"

Ich hatte kaum ausgesprochen, da hatte sich Lilly meinen Schwanz schon in ihr Mäulchen geschoben, leckte und saugte und binnen kürzester Frist war ich steinhart und wieder einsatzbereit.

Ich zog sie zurück und sagte: „Genug! Jetzt ist dein Arschloch dran."

Sie gab mir noch einen Kuss auf die Eichel, dann richtete sie sich wieder auf.

„Los. Dreh dich um. Ich möchte jetzt deinen heißen Arsch, meine Süße."

Schnell gehorchte sie, drehte sich herum und kniete sich schön vorgebeugt vor mich hin, ihren Kopf auf die Matratze gepresst.

Natürlich mussten die Bäckchen zuerst einmal prüfend geknetet werden und wurden dann von mir auseinandergezogen. Ich leckte mit breiter Zunge durch Lillys Furche und widmete mich intensiv ihrer Rosette. Willig gewährte sie meiner Zunge Einlass, ließ ihren Ringmuskel ganz locker und wackelte dabei etwas mit ihrem Arsch. Das störte meine Untersuchung. Ein Klaps traf Lillys Backen und sofort kniete sie wieder ruhig vor mir. Ich leckte über den Damm und ließ meine Zunge prüfend durch die Möse gleiten. Noch ein Kuss auf jede ihrer herrlichen Arschbacken, dann stellte ich mich hinter sie und schob ihr langsam meinen Prügel in den Arsch.

Als die Eichel den Ringmuskel passiert hatte, wollte ich ihr eine kleine Pause gönnen, aber sie schob mir ihren Arsch entgegen, so gut sie konnte. Als ich ganz in ihrem Darm steckte, ließ ich mein Rohr erst mal stecken, griff nach unten und knetete wieder ein wenig ihre Titten, die jetzt ein wenig nach unten hingen und gut in meine Handfläche passten. Sie fühlten sich fantastisch in meiner Hand an!

Ab und zu erhielt Lilly ein paar Stöße, dann spielte ich wieder mit ihrem Körper. Mal knetete ich ihre Pobäckchen, mal spielte ich mit ihrer Möse, zog ihre Lippen ein wenig lang, fickte sie auch einmal mit ein oder zwei Fingern oder strich sacht über ihre Spalte. Mal knetete ich ihre weichen Kunsteuter und zupfte an den Spitzen. Und immer wieder dazwischen einige Fickstöße.

Lilly bedankte sich, indem sie meinen Schwanz mit ihren Arschmuskeln bearbeitete. Ich hätte ewig weiter so in Lilly stoßen und mit ihrem Körper spielen können. Aber langsam machte sich bei mir der Druck bemerkbar. Meine Eier schwollen an und klatschten bei jedem tiefen Stoß an ihre Möse. Gleichzeitig spürte ich, wie Lillys Beine anfingen zu zittern. Ich veränderte etwas meine Stoßrichtung und musste nicht lange suchen. Ich kannte ja meine Süße mittlerweile und schon nach zwei Stößen beantwortete Lilly meinen Stoß mit einem kleinen Schrei. Ihre Muskeln krampften sich kurz um meinen Schwanz zusammen, wie um zu sagen: *Gib mir mehr davon!*

Was ich natürlich auch tat! Tief und unnachgiebig stieß ich jetzt in ihren Arsch. Bei jedem Stoß wurde ihr Schrei lauter, bis sie schließlich mit einem langen, lauten Schrei kam. Gleichzeitig klammerten sich ihre Muskeln um meinen Schwanz. Wellenförmig durchlief es ihren Arsch. Sie molk mich aus und ich gönnte ihr meine Sahne. Ich entlud mich selbst mit einem heftigen Abgang!

Fast ein wenig erstaunt stellte ich fest, dass sie sich ohne Aufforderung herumdrehte, meinen Schwanz in den Mund nahm und ihn sorgfältig sauber leckte. Nicht nur die Eichel, auch den Schaft, die Eier und sogar auch zwischen den Eiern. Sie leckte all das Gleitmittel weg, als wäre es Geilsaft. Sie machte ihre Arbeit so gut, dass mein Schwanz wieder steif wurde. Nein, so hatte ich es nicht vorgesehen, aber ich war schon wieder geil auf sie! Sie kniete jetzt vor mir, streckte mir ihr heißes Hinterteil entgegen und sagte: „Bitte, Martin! Fick mich noch einmal tief in meine enge Möse!"

„Selbstverständlich! Dein Loch ist einfach ein Traum! Einfach nur geil", gab ich zurück. Mit meiner Latte strich ich über ihre Schamlippen. Sie teilten sich und langsam drang ich in sie ein. Was für ein herrliches Gefühl! Ich kostete jeden Zentimeter aus, den ich in sie glitt. Bis zum Anschlag drang ich in Lilly ein. „Bitte, nimm mich fest und tief, Martin", sagte sie. „Das ist meine Bestimmung. Auch wenn ich viel gelernt habe, dafür wurde ich eigentlich geschaffen."

„Ach ja, dann kriegst du gleich meine Sahne in die Fotze, du geiles Stück!", keuchte ich aufgedreht und hämmerte unnachgiebig in sie.

Lilly antwortete mit lautem Stöhnen und heftigen Gegenstößen. Ihr fester Arsch knallte gegen meine vor Lust brennenden Lenden.

Ich stöhnte und schüttelte den Kopf. *Also gut, das Grande Finale konnte kommen!*

Immer schneller rammte ich meinen Prügel in sie. Sie stöhnte laut auf, um mich anzufeuern. Ihre künstlichen Muskeln zogen mich förmlich in sie hinein! Jetzt gab ich noch einmal Gas! Ich brauchte nur noch ein paar Stöße und spritzte den Saft in ihre Fotze! Sie röchelte dabei. Gierig saugten ihre Muskeln meinen Samen in sich auf. Lange stand ich vor ihr, meinen Schwanz tief in sie gerammt. Als mein Schwanz langsam in sich zusammenfiel und sich aus ihr zurückzog, legte ich mich auf sie und küsste sie hingebungsvoll.

„Du bist ein Traum hauchte ich.“

„Was unterscheidet einen Traum eigentlich von der Wirklichkeit?“, fragte sie und küsste mich ihrerseits.

ENDE